अभिवृत्ति

नीलू शुक्ला

सन्मति पब्लिशर्स एण्ड डिस्ट्रीब्यूटर्स

ISBN: 978-93-883657-0-3

प्रकाशक

सन्मति पब्लिशर्स एण्ड डिस्ट्रीब्यूटर्स

बी—347, संजय विहार,

मेरठ रोड, हापुड़—245101 (उ0प्र0)

website : www.sanmatiindia.com

email: sanmati555@gmail.com

मो. 8439645104, 7302710291

प्रथम संस्करण: 2019

आवरण

RETROTEK

अपनी बात

जीवन में सभी के पास खट्टे—मीठे अनुभव तो होते ही हैं और सभी का जीवन के प्रति अपना अपना नजरिया होता है।

समाज और रिश्तों के बीच रहते हुए मैं भी भला इन सब से कैसे अछूती रह जाती। मुझे लिखने का शौक बचपन से ही था; तो उन दिनों कुछ समाचार पत्रों में भी काम किया लेकिन हाँ...कभी कुछ सहेज कर नहीं रखा। थोड़ा बहुत कुछ रखा भी होगा तो किसी पुरानी संदूक में रद्दी बनकर पड़ा होगा। शादी के बाद घर और बच्चों की जिम्मेदारी के बीच लिखने का स्वभाव कम होता गया।

गाहे—बगाहे लिख लेती थी और कुछ समाचार पत्र पत्रिकाओं में स्थान भी मिल जाता था। लेकिन उससे क्या हासिल होना था...कुछ दिनों बाद वो भी मुझे रसोईघर में मसालदानी के डब्बों के नीचे बिछा हुआ मिलता।

खैर...जीवन है तो सुख और दुख का होना भी लाज़िमी है, नहीं तो हम निरंकुश हो जाएंगे। कुछ हाथ हौसला बढ़ाएंगे तो कहीं आलोचनाएं भी जरूर होंगी। आपको आगे बढ़ाने और अपने उद्देश्य को पूरा करने में, इन सभी बातों का बहुत बड़ा योगदान होता है।

मेरे इस सफर में मैं ऋणी हूँ उनकी जिन्होंने कदम—कदम पर मेरा साथ दिया, मेरा हौसला बढ़ाया, मेरे दोनों बच्चे और मेरे हमराज मेरे जीवन साथी मेरे पति.. जिनके बिना मैं कुछ भी नहीं.. मेरे माता—पिता, दीदी और मेरे अज़ीज़ दोस्तों की और हाँ.. मैं कैसे भूल सकती हूँ उन्हें जिन्होंने हमेशा मेरा मार्गदर्शन किया। मैं आभारी हूँ आदरणीय पवन सर की, जिन्होंने मुझे 'आगमन' से जुड़ने का सौभाग्य दिया और हृदय से धन्यवाद करती हूँ 'सन्मति पब्लिशर्स' और निशान्त जी का, जिन्होंने इस काव्य संग्रह के

माध्यम से मुझे एक पहचान दी।

मेरा यह काव्य संग्रह सभी भाषा प्रेमियों को समर्पित है। अपनी इस काव्यकृति के माध्यम से, मैं आप के हृदय में थोड़ा सा स्थान बनाने का प्रयास कर रही हूँ। अगर ऐसा होता है, तो मैं अपना प्रयास सार्थक समझूँगी।

नीलू शुक्ला
भोपाल (मध्य प्रदेश)

आर्शीवचन

आत्मा के सौन्दर्य का, शब्द रूप है काव्य
मानव होना भाग्य है, कवि होना सौभाग्य

गीत ऋषि यशशेष गोपाल दास 'नीरज' जी उपरोक्त पंक्तिया जहाँ एक ओर कविगणों को एक आम इंसान से अलग कर एक विशिष्ट पहचान देती हैं वहीं दूसरी और कवि समुदाय को उनके देश एवं समाज के प्रति कर्तव्य बोध का आभास कराती हैं। वास्तव में कवि का दायित्व अपनी रचनाओं से श्रोताओं एवं पाठकों की वाहवाही लूटना ही नहीं है बल्कि उनकी रचनाओं से समाज में व्याप्त कुरीतियों के खिलाफ एक सन्देश भी होना चाहिए और इसलिए कविता और साहित्य को समाज का दर्पण कहा जाता है।

कविमन संवेदनशील होता है और वह अपने आस—पास के सकारात्मक वातावरण को देख कर खुश और नकारात्मक परिस्थितियों से विचलित होता है और यही सब उसकी कविताओं का आधार भी बनता है। कवि जब अपने मनोभावों को शब्दों का आकार दे कर अभिव्यक्त करता है तब कविता प्रस्फुटित होती है।

ऐसा बिलकुल भी नहीं लगता कि नीलू शुक्ला से मेरा परिचय हुए अभी तीन महीने ही हुए हैं। उसका मेरे प्रति आदर भाव, उसकी निश्छलता, अपने मन की दुविधा; सब कुछ मेरे से ऐसे शेयर करना, जैसे हम दोनों एक दूसरे को कितने बरसों से जानते हैं। कुछ ऐसा अपनापन जैसे एक पिता और पुत्री के मध्य अनुभव होता है।

जहाँ तक नीलू शुक्ला के कवयित्री रूप की बात है, मुझे ये

स्वीकारने में तनिक भी संकोच नहीं है कि मैंने इससे पहले नीलू शुक्ला की कोई कविता न तो पढ़ी और न ही सुनी। आज जब मैं नीलू के काव्य संग्रह की भूमिका लिख रहा हूँ तो उनकी तमाम रचनाएँ मेरे सम्मुख है और मैंने उनकी एक एक रचना को पढ़ा। कहते है न जब दो लोग पारस्परिक संवाद करते हैं उनकी बातों का विषय कुछ व्यक्तिगत कुछ सामाजिक होता है लेकिन जब हम किसी के लेखन को पढ़ते हैं तब वास्तव में उसकी चारित्रिक विशेषताओं, देश, समाज और रिश्तों के प्रति उनकी सोच, उनके भावुक मन और संवेदनशील स्वभाव का पता चलता है। नीलू के पारदर्शी और निर्दोष प्रवृत्ति की झलक उनकी रचनाओं में भी स्पष्ट नजर आती हैं। उसकी मासूमियत उसकी बाल कविताओं में तो परिलक्षित होती ही हैं और बाल मन को परखने में उसकी कलम उसके अंतस में अभी तक उनके बचपन को जीवित रखने के सुखद अहसास की अनुभूति देती है। इन पंक्तियों के माध्यम से वे बच्चों को समय की उपयोगिता कितने सरल ढंग से समझाती हैं–

'भेद लक्ष्य को मंजिल पा लो

आँधी हो चाहे तूफान,

निकले सूरज, न उसे आराम

समय से आना उसका काम'

चिड़िया के माध्यम से परिश्रम के महत्व को दर्शाती उनकी ये पंक्तियाँ–

'चिड़िया रानी फुदक फुदक कर

चूँ–चूँ गाना गाती है

दाना लेने दूर है जाती

घास, डूब सब चुन–चुन लाती

बड़े जतन से घर है बनाती'

पापा के दुलार पर वे कुछ यूँ लिखती हैं–

'छोटे–छोटे

कदम जब थक जाते हैं,

वो पापा ही तो हैं,

जो गोद में उठाते हैं'

नीलू शुक्ला जहाँ बाल मन की भावनाओं को अभिव्यक्त करने में पूर्ण सक्षम हैं वहीं सम–सामायिक विषयों पर उनकी कवितायें सोचने पर मजबूर करती हैं। नारी की महत्ता पर उनकी ये पंक्तियाँ–

'सुनो पुरुष

मुझसे ही तुम्हारा वजूद है,

घर है परिवार है,

तीज है त्यौहार है,

बहन, बेटियों का साजो श्रृंगार है,

और रसोई में महकते पकवान हैं

यकीनन! मैं नारी हूँ'

कहते हैं न कि पति और पत्नि गाड़ी के दो पहियों की तरह हैं जिनमें आपस में तालमेल होना बेहद जरूरी है, इसी पर नीलू की ये पंक्तियाँ–

'काश कि ऐसा हो जाए

न मैं रूठूँ, न तुम रूठो

इस घर आँगन की बगिया को

कुछ तुम देखो, कुछ मैं देखूँ'

आजकल रिश्तों के बनावटीपन पर नीलू लिखती हैं–

'अपने का यहाँ अपने

मन घायल करते हैं
ये बदलाव भरे रिश्ते,
गरिमा मर्यादा की
क्यों छलनी करते हैं?

नीलू शुक्ला का ये प्रथम काव्य संग्रह है और हम सभी को इसी परिप्रेक्ष्य में उनकी कविताओं को पढ़ना चाहिए। उनकी कवितायें एक कवयित्री के मासूम, निश्छल मन की झलक देती हैं और उनकी कविताओं में कहीं–कहीं अल्हड़पन भी मुझे परिलक्षित होता है।

मुझे नीलू शुक्ला के प्रथम काव्य संग्रह की भूमिका लिखने का सुअवसर मिला इसके लिए मैं उनका तहे दिल से आभारी हूँ। वे निरंतर काव्य सृजन करती रहें, मेरी ये मनोकामना है।

– पवन जैन
संस्थापक, 'आगमन'

अनुक्रमणिका

सच्ची दीवाली

दीप जलेंगे खुशियों के जब,
मिलजुल के त्योहार मनेंगे,
होगी सार्थक तभी दीवाली।

घृणा–द्वेष का चहुँओर जो मातम पसरा,
निश्छलता के बीजों का जब होगा अंकुरण
होगी सार्थक तभी दीवाली।

रिश्तों में अपनापन होगा,
बातों में होगी मर्यादा,
होगी सार्थक तभी दीवाली।

भूलना होगा अपवादों को,
दिलों में जगह बनानी होगी,
होगी सार्थक तभी दीवाली।

ऊँच–नीच का रहे न घेरा,
नहीं बड़ा हो, न हो छोटा,
प्रेम की भाषा सर्वोपरि हो,
होगी सार्थक तभी दीवाली।

दिलों की दूरी कम न करो तो,
दीप जलाना व्यर्थ रहेगा,
रोते को गर हँसा सको तो,
होगी सार्थक तभी दीवाली।

अभिवृत्ति / नीलू शुक्ला / 12

बाबू जी

कठिन मार्ग में राह दिखाते
सारथी बनते बाबू जी।

अंधियारे से जब डर जाऊँ,
सूरज़ बनते बाबू जी।

बीच भँवर में जब फँस जाऊँ,
बनें खिवैया बाबू जी।

जब–जब घेरे घोर निराशा,
हिम्मत देते बाबू जी।

निश्छलता का पाठ पढ़ाते,
शिक्षक बनते बाबू जी।

मिलकर रहना सदा सिखाते,
प्रेम का मनका बाबू जी।

जिंदगी

कदम–कदम पर इम्तिहां, लेती रही तू जिंदगी,
मैं भी पाषाण थी, तूफाँ लिए बैठी रही।

तेरे हर जख्म को, प्रारब्ध कहकर,
घनी–अंधेरी रात काटी, आँखों में भिनसार लेकर।

कौन सुनता, दूर तक कोई नहीं था,
मैं अकेली ही चली, पग में कसकते सूल लेकर।

थोथे बादलों से मेरा कुछ न बिगड़ेगा,
प्रलय प्रहरी बनाकर,
निकल पड़ती हूँ समंदर साथ लेकर।

मुश्किलें, मंजिल, दिखाती हैं मुझे,
राह अपनी ढूँढ लेती हूँ, हौंसले साथ लेकर।

नटखट बिटिया

मेरी नटखट बिटिया रानी,
कैसे तेरा साथ निभाऊँ?
हर दिन घटती घटनाओं का,
रूप घृणित कैसे दिखलाऊँ।

श्रृष्टि की सुंदरतम रचना,
तुझे कभी थी बतलाई
आज भला, किस कौन जतन से,
मैं उसको अब झुठलाऊँ।

सही गलत में फर्क बताऊँ
या तप लोहा बन जाने दूँ
तेरी नजर में है जो दुनिया,
तुझे ठोकर खा उठने दूँ।

तेरे मार्ग के काँटे बीनू
या कठिन राह को तैयार करूँ?
छुप कर बैता, ठान अनहोनी
क्या उसको विजयी बनने दूँ?

बहुत सहा अब नहीं सहोगी,
दुष्टों का संहार करो।
आओ तुमको बनाके चंडी
मर्दन को तैयार करूँ।

मेरी नटखट बिटिया रानी,
कैसे तेरा साथ निभाऊँ।

अभिवृत्ति / नीलू शुक्ला / 18

यकीनन! मैं नारी हूँ

सुनो पुरुष तुमसे नहीं,
मैं अपने कर्त्तव्यों के सम्मुख हारी हूँ।

तुम्हारी भूल है कि, मैं बेचारी हूँ
मैं तुम्हारी माँ हूँ, बहन, बेटी हूँ
संस्कारों से बँधी, घर की घुरी हूँ
यकीनन! मैं नारी हूँ।

कहो पुरुष
क्यों नारी मन को छलनी करते हो?
और अपनी कमियों को पुरुषार्थ कहते हो
सदियों से अपनी जागीर समझते हो,
कहते हो...
देखों, तुम करती ही क्या हो?
मैं वो भी करती हूँ
जो तुम नहीं करते।
यकीनन! मैं नारी हूँ।

सुनो पुरुष
मुझसे ही तुम्हारा वजूद है,
घर है परिवार है,
तीज है त्योहार है,
बहन, बेटियों का साजों श्रृंगार है,
और रसोई में महकते पकवान हैं
यकीनन! मै नारी हूँ।

स्कूल आते–जाते, मेरे बच्चों में,

उनके टिफिन और बस्तों में,
उनके हँसने–रोने और मनाने में,
कट्टी और पुच्ची में,
लड़ने–झगड़ने, दोस्ती कराने में,
हार में, जीत में,
मैं ही तो हूँ
यकीनन! मैं नारी हूँ।

अपनी ख्वाहिशों को अनदेखा कर
तुम्हारी उम्मीदों को सहेजती संवारती हूँ
तुम्हारे दफ्तर से आने पर,
चाय हूँ, कॉफी हूँ
तुम्हारा दिन भर का किस्सा,
मैं ही बैठ के सुनती हूँ
यकीनन! मै नारी हूँ।

सब दिन एक से नहीं होते,
तुम्हारी खट्टी–मीठी यादों में,
जीवन की मुश्किल राहों में,
चली हूँ थामे हाथों में हाथ
यकीनन! मै नारी हूँ।

साँझ की दिया बाती हूँ
बच्चों की कहानी हूँ,
उनके जीवन के मूल्यों में,
उनकी मुश्किल राहों में
मैं ही तो हूँ
यकीनन मैं नारी हूँ।

अभिवृत्ति / नीलू शुक्ला / 21

शराफत का चोला

शराफत का चोला उतार कर तो देखो,
गरीबों की बस्ती में जा कर तो देखो।

बंगलों में जीवन जीए जा रहे हो,
गरीबी में एक दिन बिता कर तो देखो।
शराफत का चोला उतार कर तो देखो,
गरीबों की बस्ती में जा कर तो देखो।

कभी रोशनी के नजारों को छोड़ो,
अंधेरों में बचपन को जी कर तो देखो।
सत्ता की गलियों में फुर्सत मिले तो,
आबरू लुटती बिटिया बचा कर तो देखो।
शराफत का चोला उतार कर तो देखो,
गरीबों की बस्ती में जा कर तो देखो।

बाल श्रमिको से वादा ख़िलाफी तुम्हारी
कभी उनके भावों को पढ़ कर तो देखो।
कभी बाल मन को टटोलो तो जानों,
कभी रोटी, शिक्षा जो दी हो तो बोलो।
युवाओं से वादे, किसानों से वादे,
जनता से वादों की फ़ेहरिस्त देखो।

सत्ता के भूखों, शर्म कुछ तो कर लो,
वतन जल रहा है, बचा के तो देखो।

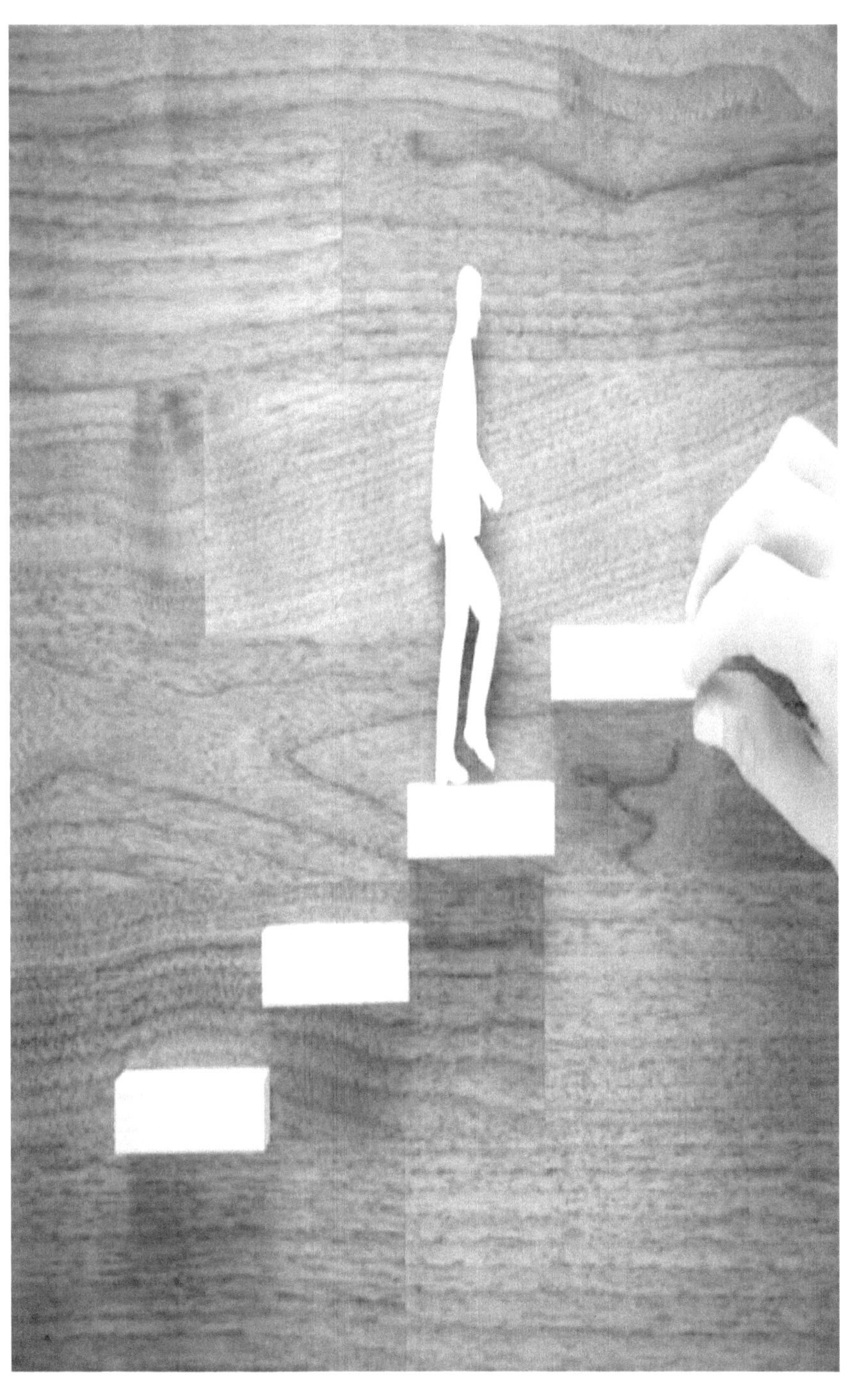

अभिवृत्ति / नीलू शुक्ला / 23

संबंध

नित जीवन ये कटता जाए
संघर्षो से लड़ता जाए
अंतर्मन का घायल कोना,
कतरा–कतरा, गिरता जाए।

संबंधो में भरा कपट है,
मन को छलनी करता जाए।
वाणी का संयम भी टूटा,
आहत है वचनों से काया।

अभिवृत्ति / नीलू शुक्ला / 25

कर पाऊँगी

कर पाऊँगी, मन कहता है,
रूठे स्वजनों को मना पाऊँगी
चल पाऊँगी यूँ ही अविरल।
सभी के मन से हटा पाऊँगी?

गलतफहमियों के जाल को
कर पाऊँगी, मन कहता है,
सबके मन जो छिन्न–भिन्न है
रिश्ते सारे खिन्न–खिन्न है
क्या दूरी कम कर पाऊँगी?

कर पाऊँगी, मन कहता है
प्रेम की मणिका बिखर गई है,
चुन–चुन के सब रख पाऊँगी?
अपने रंग में रंग पाऊँगी,
कर पाऊँगी, मन कहता है।

भावों के इस उथल–पुथल से
मन की बातें कह पाऊँगी?
सही रास्ता चुन पाऊँगी?
कर पाऊँगी, मन कहता है।

हम दोनों मिल के

काश! कि ऐसा हो जाए
न मैं रूठूँ न तुम रूठो,
इस घर आँगन की बगिया को
कुछ तुम देखो, कुछ मैं देखूँ।

खट्टी—मीठी, नोंक झोंक
तकरार भरी इन बातों को
कुछ तुम छोड़ो, कुछ मैं भूलूँ।

इन रोज—रोज की अनबन को
उलझे—सुलझे हर किस्से को
न तुम खींचों न मैं खींचू।

आओ तुम, मैं मिल करके
छोटी सी अपनी फुलवारी
कुछ तुम सींचों कुछ मैं सींचू।

अभिवृत्ति / नीलू शुक्ला / 29

तुम ही तो हो

सर्द रातों में तुम हो, गर्मी सा एहसास
सुबह–शाम हो, दिन हो या रात
तुम हो, तुम ही तो हो,
मेरे आस–पास।

मेरे जिक्र में, अफ़सानों, फ़सानों में
तुम हो, तुम ही तो हो,
मेरी तलाश।

सर्द रातों में तुम हो, गरमी सा एहसास
मेरे क्रंदन, में, मेरे वंदन में,
तुम हो, तुम ही तो हो,
मेरी दिली आवाज़।

सर्द रातो में तुम हो, गर्मी सा एहसास
मेरे अच्छे–बुरे अनुभवों में,
सुख में दुःख में,
तुम हो, तुम ही तो हो मेरे राज़दार।

सर्द रातों में तुम हो, गर्मी सा एहसास
मेरी बातों में ज़ज्बातों में
हर यादों में,
तुम हो, तुम ही तो हो,
मेरे हमराज़।
सर्द रातों में तुम हो, गर्मी सा एहसास।

अभिवृत्ति / नीलू शुक्ला /31

मेरी वेदना

मन मेरा निःशब्द,
निरपराध था, उस दिन
भड़कती मन की ज्वाला,
कब बुझेगी पूछ बैठा।

मिले प्रतिशोध का अवसर,
तसल्ली तब मिलेगी
मन का इंसान, हो बेचैन बोला,
ये करने, क्या चली हो?
उन्हीं से घाव लेकर, घाव देने।

मुझे मालूम, फ़ितरत में तुम्हारी ये नहीं है
भुला तो मन में उठते ज्वार सारे
नारी का गौरव बढ़ा तुम,
क्षमा कर दो उन्हें, जिसने दिए थे घाव सारे।

अभिवृत्ति / नीलू शुक्ला / 33

तुम बिन

जीवन का हर पल फीका है,
फीका है ऋतुराज बसंत।

फाल्गुन के है सब रंग फीके,
मन को डसरता है मधुमास।

बौछारें फीकी सावन की,
छटा भोर की है फ़ीकी।
भादों की अब हरियाली भी,
लगती मुझको है फ़ाकी।

चाँद अषाढ़ का, फ़ीका पड़ गया,
भूल चुका है लुका–छिपी।
ऋतुएं फ़ीकी हैं सब तुम बिन
जीवन का हर रस फ़ीका।

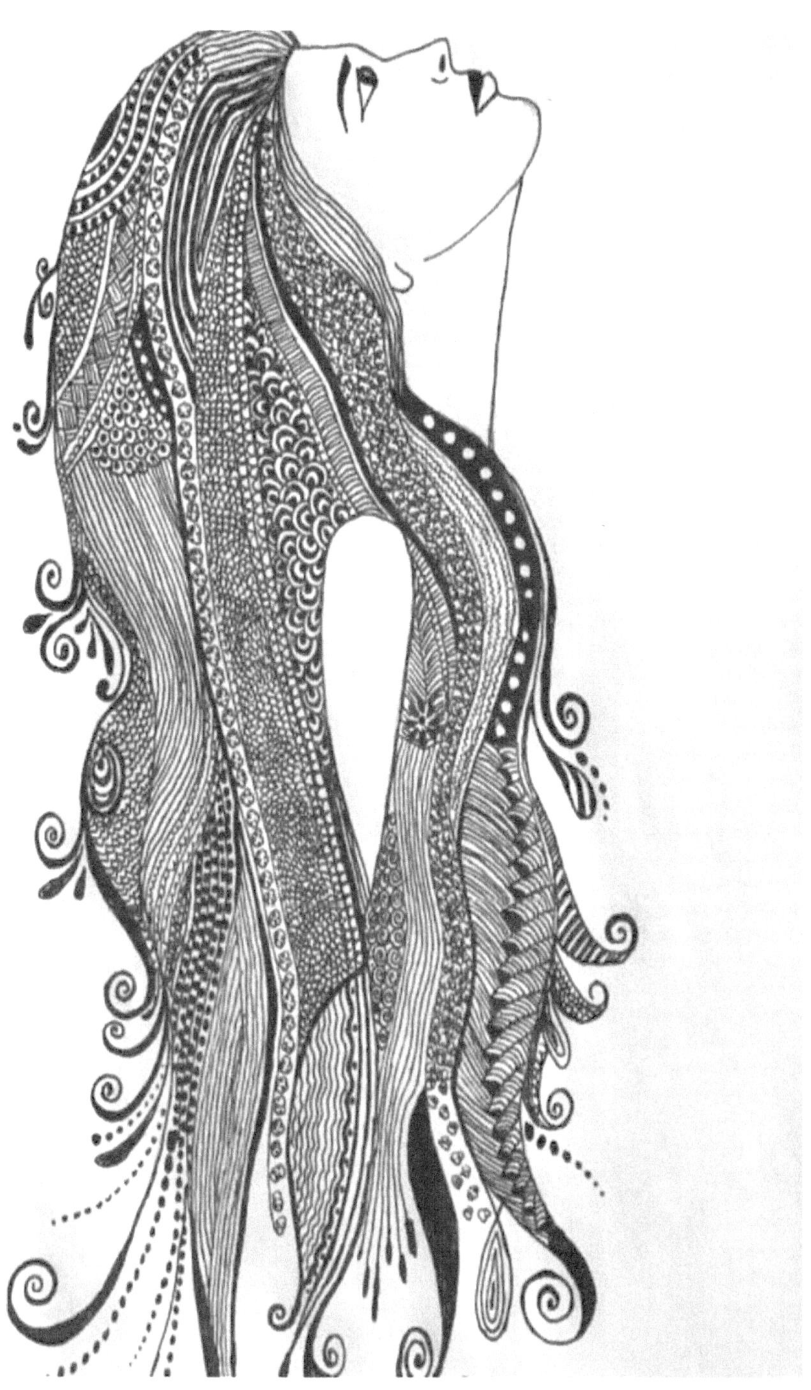

अभिवृत्ति / नीलू शुक्ला / 35

मन

कैसे तुझको बतलाऊँ मैं,
अपने मन की अभिलाषा
नहीं है आता, जीना तुम बिन,
तुम्ही हो मेरी परिभाषा।

नित–नए विचार हूँ गढ़ती,
शब्द बना के तुम्हें हूँ पढ़ती
मिसरे तेरी यादों के,
अब ख्वाबों में भी हूँ लिखती।

सफर

तेरे पीछे चलूँ या आगे,
क्या फर्क पड़ता है।
जीवन का ये लंबा सफर
मिलकर ही तय करना है।

सच कहूँ तो मज़ा
पीछे चलने में ही आता है,
तेरा मुड़–मुड़ के पीछे देखना ही
कहर ढाता है।

अभिवृत्ति / नीलू शुक्ला / 39

याद

न जूही, न चंपा, न रातरानी है याद
भीनी सी खुशबू का एहसास है याद,
जो मेरे मन को महका जाती है।

न सुबह है, न दोपहर, न शाम है याद
बे–वक्त का प्यारा सा कोई पहलू है याद,
जो यूँ ही सताने चली आती है।

न बसंत, न फाल्गुन न, सावन है याद
तेरे संग बीते हर एक लम्हें की बस,
याद दिलाने चली आती है।

न खुशी, न दर्द, न कोई गम है याद
बस आँखों में तेरी याद बन,
मेरी पलकों से झरनें चली आती है याद।

रिश्ते

हम बँधे हैं जिन रिश्तों की डोर में,
जीना तन्हा चाहे,
पर जीते हैं शोर में।

चाहते है, जिनका साथ
उनकी खैर मांगे दुआओं में
कतराते है कभी–कभी,
क्यों उनसे बातों में।

तन्हा–तन्हा रहते हैं,
महफिल में मुशायरों में
अब रिश्तों में पड़ी दूरी,
बातों ही बातों में।

अपने का यहाँ अपने
मन घायल करते हैं
ये बदलाव भरे रिश्ते,
गरिमा मर्यादा की
क्यों छलनी करते हैं।

अभिवृत्ति / नीलू शुक्ला /43

ऐसे अनुभव खूब मिलेंगे

जीवन की हर साँस है, जब तक
सुख–दुख दोंनों साथ मिलेंगे।।

पल में कोई बनेगा अपना,
पल में अपनें बनें पराए,
ऐसे अनुभव खूब मिलेंगे।

सुख में सारे साथ चलेंगे
दुःख में अपने दूर रहेगें
ऐसे अनुभव खूब मिलेंगे।

मुँह से मीठे बोलों वाले
खंजर लेकर वार करेंगे
ऐसे अनुभव खूब मिलेंगे।

कहीं मिलेगी मान–बड़ाई
कई प्रेम से घाव करेंगे,
ऐसे अनुभव खूब मिलेंगे।

निश्छल मन के भाव किए जा,
बिना स्वार्थ हर काम किए जा
तेरे सारे काम बनेंगे,
ऐसे अनुभव खूब मिलेंगे।

अभिवृत्ति / नीलू शुक्ला / 45

घर का मोह छोड़ न सकूँगी

आज हूँ, जब कल न रहूँगी,
घर का मोह छोड़ न सकूँगी।

साफ सफाई के आभाव में,
यहाँ वहाँ लगे मकड़ी के जालों में,
हर वक्त उलझी रहूँगी।

हर जगह बेतरतीब पड़े सामानों में
मेरे बिन, बने बेमन के बेस्वाद पकवानों में
मैं स्वाद भरूँगी।

सोफे, गुलदस्ते में चढ़ी,
धूल की मोटी परतों में,
दरवाजों के पीछे, कई दिनों से
उतरे टँगे, कपड़ों में,
हथेलियाँ फिराती खड़ी रहूँगी।

सुबह शाम पूजा घर में,
वहाँ की कपूर बाती में,
मंत्रों में, आरती में,
घंटी की ध्वनियों में विद्यमान रहूँगी।

चिड़िया की तरह घर भर में उड़ूँगी,
मेरे बच्चों, तुम्हें छोड़ के जा न सकूँगी
क्योंकि तुम्हारा मोह कभी छोड़ न सकूँगी।

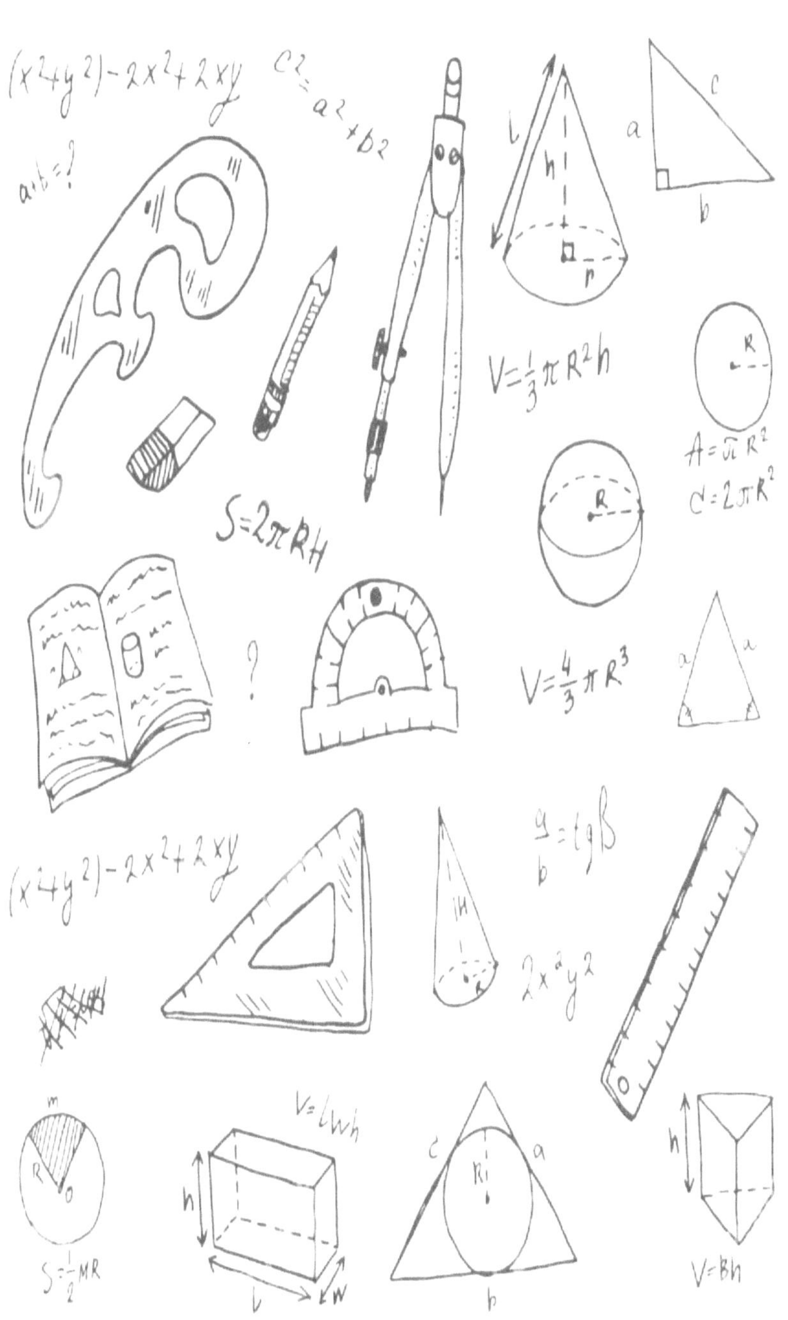

गणित

जोड़, बाकी, गुणा, भाग से, सिर है मेरा चकराता,
भाई गणित समझ नहीं आता
किससे, कितना, लेना–देना, बचा है कितना,
शेष है कितना, मेरे सिर ऊपर से जाता।

सीधी रेखा, आड़ी रेखा, अंडे जैसी गोल–मटोल,
तीनों रेखा खड़ी त्रिभुज की, और बगल में है समकोण
मिल के रहना, मिल के चलना, मुझे अंको ने बतलाया,
दो और दो चार का अर्थ समझ में आया।

जीवन भी तो एक गणित है इसको हल कर देखो,
एक में एक शून्य बढ़े तो, बने दहाई देखो।

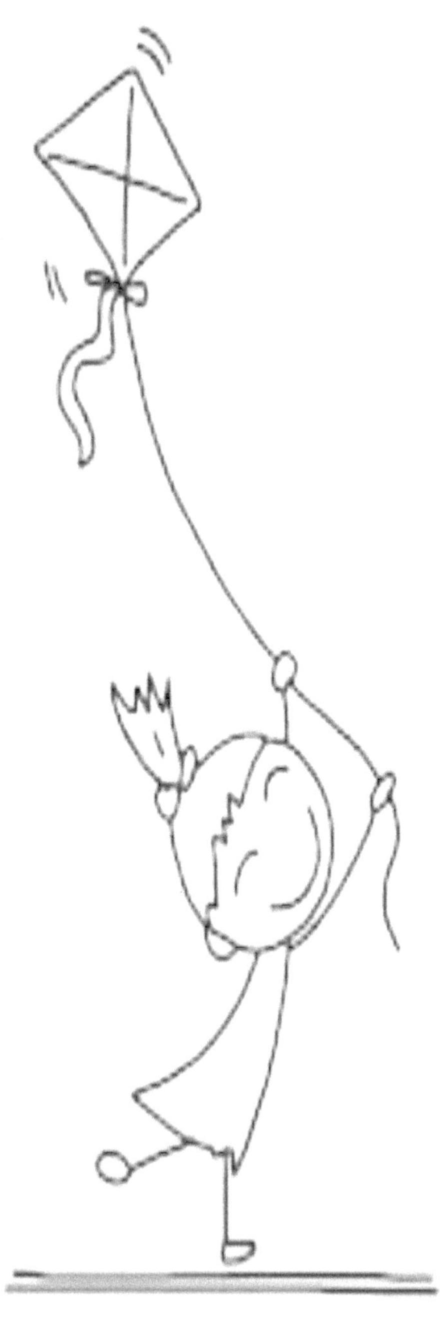

अभिवृत्ति / नीलू शुक्ला /49

पतंग

मन करता है पतंग बनाऊँ,
आसमान की सैर कर आऊँ,

रंगों का है खेल निराला,
लाल, हरा और पीला, काला
सब रंगो से बनी पतंग,
मन को भाती मेरे पतंग।

ढील छोड़ दो सर–सर भागे,
डोर खींचते ही वो नाचे।

इसकी काटो, उसकी लूटो,
पेड़ पे अटकी फटी पतंग।
आओ मिल सब पतंग उड़ाए,
होड़ न हो सब खुशी मनाए।

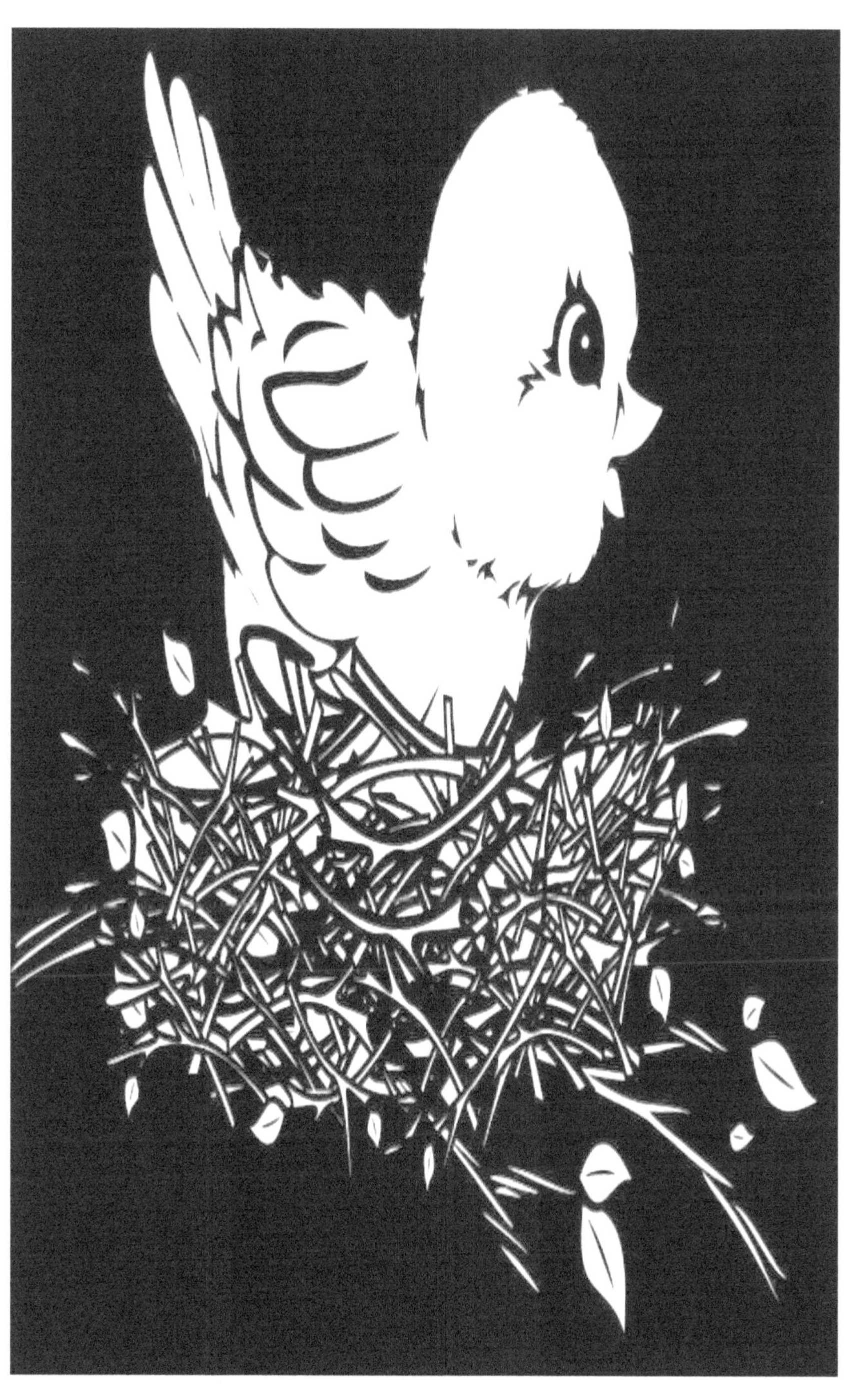

अभिवृत्ति / नीलू शुक्ला / 51

चिड़िया

चिड़िया रानी फुदक फुदक कर,
चूँ–चूँ गाना गाती है
दाना लेने दूर है जाती,
घास, दूब सब चुन–चुन लाती
बड़े जतन से घर है बनाती।

तिनका–तिनका उठा–उठा कर
जोड़, तोड़ में बल है लगाती
अंडो से चूजे निकले तो
चोंच से दाना उन्हें चुगाती।

वर्षा रानी

वर्षा रानी जम के बरसो,
धरती में शीतलता भर दो,
कर दो सृष्टि हरी—भरी।
सूखे वृक्षों के तने हरे हो
पोखर में तुम पानी भर दो,
खेत खुशी से लहलहाएं।

वर्षा रानी तुम जब आती,
अपने संग खुशहाली लाती।
है किसान वर्षा पर निर्भर
तुम आकर पानी दे जाती।

लेकिन यह भी स्मरण रहे
बारिश के विकराल रूप से,
दुनिया मे हर कोई डरता,
बाढ़ से हाहाकार है मचता।

गली—गली में पानी भरता,
उलिच—उलिच हर कोई थकता
पानी का जब रेला चलता,
खलिहानों में डूबा बढ़ता
पर सबसे एक बात अनोखी,
अंगारा जब उगले धरती,
वर्षा ही तो ठंडा करती।

फर्ज निभाओं

पंछी के कलरव संग जागो
हुआ सवेरा आलस त्यागो।

भेद लक्ष्य को मंजिल पा लो
आँधी हो चाहे तूफान,
निकले सूरज, न उसे आराम
समय से आना उसका काम।

मोल समय का बच्चों जानों
कठिनाई से तुम मत भागों।

मन में जब आए कुविचार,
सुविचारों से दूर भगा दो
तुम भी अपना फर्ज निभाओं
नेक की राह पे चलते जाओं।

बचपन

वो बचपन भी क्या बचपन था
जहाँ दादी की कहानी थी,
और सपनों में परियों की रानी थी।

दुख की कोई वजह न थी
खेल, सखा ही भाते थे
मित्रों के संग खेल खेलना,
सबको अधिक सुहाता थे।

वो बचपन भी क्या बचपन था,
जहाँ दादी की कहानी थी,
और सपनो में परियों की रानी थी
जहाँ चंदा मामा की लोरी थी,
संग में सखियों की टोली थी।

बाग बगीचों में फिरते थे,
तितली रोज पकड़ते थे
भोर साँझ की खबर न रहती,
पोथी, पुस्तक का कौन दीवाना था।

वो बचपन भी क्या बचपन था,
जहाँ दादी की कहानी थी
और सपनों में परियों की रानी थी।

बारिश में जब नाव चलाते,
हँसी, ठिठोली सब मिल गाते,
गम का नहीं ठिकाना था।
लुका–छिपी का खेल खेलते
इंजन बनके छुक–छुक करते।
जब भी मिलते, दिल से मिलते
आडंबर का नहीं ज़माना था।

तरस रहे उस जीवन को
जो बचपन का ज़माना था।

अभिवृत्ति / नीलू शुक्ला / 60

मेरी अभिलाषा

पंख जो होते मेरे तन पर
उड़ जाती मैं दूर गगन पर
मेघों को मैं छू कर आती,
इन्द्रधनुष का रंग चुराती।

लाल हरी और नीली–पीली,
सतरंगी ये धरा बनाती।
तितली के संग पंख पसारे,
चंदा मामा, सूरज, तारे
इनसे मिल के मैं बतियाती।

पंख जो होते मेरे तन पर,
उड़ जाती मैं दूर गगन पर।
आसमान की सैर कर आती,
लुका–छुपी का खेल खेलती,
बादल संग मैं उमड़–घुमड़ कर
खूब नाचती बूँदे बनकर।

जो मन करता वो सब करती,
फूल–फूल और डाली डाली,
मैं मंडराती क्यारी क्यारी।
बगिया रूपी प्यारी धरती,
खूब सींचती खुशियाँ बनकर।

मेरे पापा, मेरे हीरो

छोटे–छोटे कदम जब थक जाते हैं,
वो पापा ही तो है, जो गोद में उठाते हैं।

अक्सर नींद में सपने डरा जाते है,
वो पापा ही तो है, जो थपकी देकर सुलाते है।
छोटे–छोटे कदम जब थक जाते हैं,
वो पापा ही तो है, जो गोद में उठाते हैं।

सो नहीं पाती हूँ, तबियत खराब होती है,
वो पापा ही तो है, जो बाहों में सुलाते है।
छोटे–छोटे कदम जब थक जाते हैं,
वो पापा ही तो है, जो गोद में उठाते हैं।

संभल के चलो गिर सकती हो, 'माँ कहती है',
वो पापा ही तो है जो गिर के उठना सिखाते है।
छोटे–छोटे कदम जब थक जाते हैं,
वो पापा ही तो है, जो गोद में उठाते हैं।

मैथ्स के ट्रिक्स हो, या क्रिकेट की गेंद,
वो पापा ही तो है, जो हजार बार सिखाते हैं।
छोटे–छोटे कदम जब थक जाते हैं,
वो पापा ही तो है, जो गोद में उठाते हैं।

मन में उठते प्रश्नों से जब घिर जाती हूँ
वो पापा ही तो है, जो हुनर जीने का सिखाते है।

अभिवृत्ति / नीलू शुक्ला / 64

तितली

तितली तुम क्यों रंग बिरंगी
फूल तुम्हे क्यों भाते है?
फूल फूल पर उड़ना बैठना
तुमको अधिक सुहाता है।

पँखों से रंग छिड़क–छिड़क कर
सबका मन ललचाती हो।
तितली तुम क्यों रंग बिरंगी
फूल तुम्हें क्यों भाते है?

कैद करे कोई तुम्हें न भाऐ
खुले गगन की दीवानी
फूलों का रस चूस–चूस के,
उड़ती–फिरती मतवाली।

मन करता है तितली बनकर
प्रेम का रंग फैलाऊँ, मैं भी तितली बन जाऊँ।